思春期

塚本千秋：文
尾上太一：写真

金剛出版

思春期

冨士夫 画
[illegible] 文

はじめに

「そんなん知らんし…」

「えーっ、知らんはずない」

ひそひそ話のボリュームが急にあがる。

体がコンパスのようにクルクルする。

「ほんまに知らんのよ」

「知らんはずないって。おかしい…」

「なんで？」

また声が低くなる。瞳がまっすぐに顔をとらえる。

「なんでって？　いつまでしらばっくれてるん？」

「お願い、信じて。知らんもんは知らん」

数秒の沈黙がシャボン玉のように割れ、
おどけた空気が戻ってくる。

「…わかった。信じる」
「まじ！　うれしい！」

列車は駅に到着。ひとりが下車。
残ったひとりはスマホを操作し始める。

会話はほぼ謎。
何をめぐる話がどう決着したのか、さっぱりわからない。
だが、こんな場に居あわせると、
改札口を出てからも、つい頬が緩んでしまう。

一人目の相談者

「雨の音が好きです」

彼女は目をつぶった。

「…バサバサいってますね」

近くの工事現場のシートが風にあおられている。


私も耳を澄ませた。

電線がうなる音と、雨粒が窓ガラスにぶつかる音が聞こえる。


「バサバサビュービュー、バサバサビュー」

彼女は小声でリズムをとった。

「ビューバサバサ、ビューバサバサ、ビュービュー」

遠くでドラム缶が転がり、その先をバイクが走り去った。

さきほどまで彼女は家族の話をしていた。

信頼が崩れていく話。控えめな言葉に悔しさがにじんだ。


風向きが変わったのか、急にカーテンが揺れた。

窓下のマットがぐっしょり濡れている。

「おやおや」私が窓を閉めに立つと、彼女は言った。

「それって安物ですよね」

私はとまどった。

「このマットのこと？　…安物といえば、安物かな」


手元に注がれる視線を感じながら、私はぎこちなくマットを拭いた。


雨は降り続いた。

窓を閉めたせいか、屋外の音も小さくなった。

彼女も私もずっと黙っていた。

「もう時間だ」

時計を見て彼女は立ち上がった。

「そうか。なんだか悪かったね」

私が言うと、彼女は少しもじもじし、

「今日は…」と言って間をあけた。

「音が楽しかった…」

そう言って彼女は、
煙草のピース柄の傘立てからビニール傘を抜き、
「バサバサビュー、バサバサビュー」
小さく口ずさみながら、
相談室の外に出て行った。

Coca-Cola

二人目の相談者

「いつもと雰囲気が違うね」

「この格好ですか？」

彼女はソファに座ると、うなずくように首を折り、
制服のスカートからはみ出た足をバタバタと動かした。

「今日は学校で面談だったから…いつものはパジャマです」

「何の面談？」

「第四土曜には担任に会うことになっていて、
先週はあっちの都合がつかなくて今日になった。

いっぺんに済むから手間が省けます」

（手間か…）

「先生とはどんな話をするの？」

「いろいろ。はじめは『学校に来い』みたいな話が多かったけど、
最近は言われなくなった。…今日は先生の家族の話だった」

「家族の？」

「奥さんが入院したって。先週、手術をして、来週から放射線」

「ということは癌…かな？」

「だと思う…健康診断で見つかったって」

「そうなんだ…」

「健康診断は受けとけよって何度も言われました」


「奥さんが重病だとつらいだろうね」と私が言うと、

「でも先生は元気だったよ」と柔らかく否定した。

それから数秒黙り、首を傾げて小声でつけくわえた。

「…カラ元気かも…」

言葉につまった私が
「まあカラ元気でも、そう見せられるなら立派だ」と思いつきを言うと、
「そうかな…」
と彼女はもう一度首を傾げ、かすれ気味の声で断言した。

「みんなそうだろ」

そして背もたれから体を起こし、視線を落としてスカートのすそを直した。

「今日は疲れたし、話もないからこれで帰る」

彼女は立ち上がった。

みんなそうだろ。

その言葉の余韻が、彼女が立ち去った部屋にとどまった。

来客

「こんにちは」

制服姿が並んで頭を下げた。

椅子をすすめると、しばらくもじもじしていたが、
ひとりが「じゃ、座ろ」と言い、三人は座った。

一番背の低い、髪をひっつめた子がリーダーのようである。


知りあいの先生にたのまれた校外学習。

関心がある職業人に会ってみる、という企画である。

「どうぞ、何からでも…」私が言うと、
それぞれ鞄からノートを出し、メモをとる姿勢になった。
それからまた目配せをして譲り合っていたが、
また先ほどの子が質問した。

「どうしてカウンセラーになろうと思ったんですか」

「なろうと思った…きっかけでいいですか」

これまでにも、たびたび出会ってきた質問だが、うまく答えられない。

なぜなら「カウンセラーになりたい、なろう」という決意をしたことがなかったからである。

「カウンセラーになった」というより、

「いつのまにかそのようなことをやっていた」というのが実感に近い。


大人が相手ならそのまま伝えればよいのだろうが、中学生にはまずいだろう。

そこで、「人と人の関係に興味があったからかな」

などという、どうとでも受けとれることを言ってしまう。


歯が白くて両腕が日焼けした子が質問した。

「カウンセリングはむつかしいですか」


この質問もむつかしい。

「むつかしいと言えばむつかしいが、世に簡単なことはないだろう」

と答えたいが、これでは禅問答で、相手は戸惑うだけだ。

この先もともに学ぶ、例えば大学院生が相手なら、

「もし私が『むつかしくないよ。簡単さ』と答えたらどう思う？」

と切り返して反応を見る、というやり方も許されるかもしれない。

結局、本音をごまかしで包んで、それを答えにしてしまう。

「むつかしいけれど、そのむつかしさを説明するのはさらにむつかしい」


「カウンセリングで困ったことはありますか」

だんだんいい質問になってきた。

いい質問とは、問われた人がべらべら話したくなる質問のことだ。

しかし頭に浮かんだ場面をそのまま話すわけにはいかない。

「困ったことはたくさんあるけれど、私たちは秘密を守らないといけないから、話すわけにはいかないんだ」

それから小一時間、口が滑らかになった彼女たちと話し込んだ。

もっぱら聞き役はこちらである。

得意な科目、苦手な科目。

入っている部活動。顧問の先生の口癖。
将来の夢や期待。心配していること。

「そろそろ時間だけど、最後に何か聞いておきたいことがある？」
私が促すと、いちばん口数が少なかった、痩せた子が尋ねた。
「大切にしていることは何ですか」

最後にシビアな質問がやってきた。
私が大切にしていること、
私たちが大切にしていることは何だろう。

そのときどう答えたかは覚えていない。
大切なことは、大切にされなくなりやすい。
それをたしかめるために
くりかえし人に会うのかもしれない。
そう思いいたったのは三人が帰った後だった。

三人目の相談者

「こんにちは」「…」

「驚きましたか?」「…」

彼は無言だった。

なかばだまされたような来室のいきさつ…ちょっと買い物についてきて…を考えれば自然な態度にも思えた。


彼はクラスメートに近づかない。話しかけられても返事をしない。

やがて皆、彼を無視するようになった。

休み時間も自分の席で正面を向き、背筋を伸ばしている彼を心配した先生が「いちど専門のところに連れて行ってください」と母親に言ったのだ。

沈黙が続くので私は彼に、無理に話さなくていい、のんびり過ごしてくれたらいい、というようなことを言った。

彼は両手のひらをへその前で重ね、微動だにしなかった。

「仏像みたいだ」

そう思いながら私は、数秒、眠ったかもしれない。

気がつくと彼は立ちあがって、室内を見まわしていた。

「何かないんですか?」


「何かって?」

「ゲームとか…」

私がトランプと花札しかないと説明すると、
小さく舌打ちし、「じゃトランプを」と言った。

彼はケースから札を出し、リズムよくシャッフルしはじめた。

「うまいね」私が誉めると、彼は目線を手元に落としたまま、

「花札ってなんですか」と訊く。

「百人一首ですか?」

「札の厚みや大きさは似ているけど…」

何をどう説明すればいいのか。

「鹿やイノシシの絵が描いてある。出してみようか」

「別にいいです」

気のない返事をすると彼は、
音を立ててトランプをそろえ、きっちりとケースにしまい、
「帰っていいですか」と言ってまた立ち上がった。
「いいよ」

私が答えると、
すでに歩き始めていた彼は立ちどまり、さっと人差し指を唇に当てた。
そしてそのままじりじりと動き、
椅子の上で丸まって目を閉じていた猫の受付の前に行った。

「ワッ」

だが彼女は薄目を開けただけだった。

悔しそうな表情が消え、
初めと同じ顔に戻った彼が部屋を出て、
私が記録をつけ始めると、
受付は窓枠に飛びうつり、帰っていく彼の後姿を眺めていた。

「いい子、いい子よ」
すこし歌うように呟いた気がした。

四人目の相談者

「本当は穏やかな人なんです」彼女はそう言って目を閉じた。

「娘のことが大好きで、生まれたときから可愛がっていました。病気だと診断されたときも本を買って調べていました」

カーテンのすきまから夕陽が差し込んで、室内にこぼれていた。

「学校に行かなくなってからも、『お父さんが送ってあげよう』とか『いっしょに勉強しないか』という感じで、今みたいに、ひどいことを言うことはなかったんです」

彼女が例示した言葉は、人を足蹴にする言葉だった。

「ご主人の気持ちが切れるような出来事があったのでしょうか」

「いつだったか、夫がなにか言ったときに娘が口答えをしたんです。『私の気持ちもわからないくせに』という意味のことを…」

おたがいにぎりぎりだったのかもしれない。

「ご主人もずっと我慢をしてこられたのでしょう…。とはいえ娘さんを傷つけるのはよくないですね」

「優しいことなんか二度と言うか。・・・最初、夫はそんな感じでした」

「最初は…では今は違うのですか？」

その人はしばらく黙っていた。


「今は娘と私をわざといじめています。それもしつこく…」

「わざと。それはどういうことでしょう？」

「自分を悪人にして…まるごと滅びようとしているのかもしれない…」


日はさらに傾いて、室内に長い影を作った。

砂漠にひとりで立つ人の姿が浮かんで消えた。


迷いながら私は切り出した。

「…ご主人に会うことはできませんか?」

「かなり前に、『いっしょに行こう』と頼んだのですが…」

「ダメでしたか」

「もう一度、言ってみます。ひとりなら来るかもしれないですし…。でも夫になにを言っていただけるのでしょうか?」


埋もれていた言葉の砂を払い、私はそっと差し出した。

「何をどう言えばいいか、今はわかりません、ただ、ご主人が『これはこれでよかったのかもしれない…』そう思える瞬間まで、ご主人と歩こうと思います」


その人はしばらく黙って考えていたがハンカチを出し、目をぬぐった。

母猫

相談室は予約制だが、半日くらい空くこともある。
そんなとき私は、川沿いの散歩道に行く。
並んだベンチの、どれかに受付の母猫がいる。

年老いた彼女はたいてい眠っている。
初対面の時だけ彼女は「娘がお世話になります」と言った。
私が近づくと気がついて目を開ける。そういうところは受付と似ている。
しばらく見ていると寝返りをうち、向こうを向いてしまう。

スマートな受付とは対照的に、ふくよかな彼女が動くと全身が波打つように揺れる。
毛並みの艶は退いているが、動きには気品がある。

ここ数日、苦い思いが続いていた。

「よく考えずに、安請け合いをしたかもしれません…」
「黙って聞くだけでは不親切に思われて…」

やはり母猫は黙っている。
でも、彼女が聞いていることはわかる。
川の流れが見え、その音が聞こえたり消えたりし、
さらにその向こうに山並みと雲が見える。

五人目の相談者

「その…キーホルダー。綺麗な石だね」

受付によると、私は《気がつかないほう》らしい。
それでも繰り返し相談者に会ううちに、彼らが大切にしているものに気づくことがある。

この相談者は深緑の制服に黒革のスクールカバン、
そして、デニム地の手提げをもって来室していた。
彼女は言葉が多い方ではなく、
最初は、私の質問に首の動きで答えることが多かった。

夏休みが過ぎてから、繰り返し読んだ本やバンドの話をするようになり、
手提げにキーホルダーが下がった。
いびつな銀色の網のなかに小さな濃紺の石が入っている。

「ああ、これは修学旅行で買いました」
友達が「買いなよ」と強く勧めるので買ったという。
旅行後は机の引き出しにしまっていたが、
その友達が夏休み中に転校してしまったので手提げにぶら下げることにしたと言う。

「どんな友達？」私が尋ねると、
彼女はしばらく考えて、思い出を教えてくれた。

夜半、勉強に飽きてきたころ、
友人は彼女の家の窓の下にきて彼女を誘う。
行先は近所の公園。
鉄棒に手をかけたり、砂場にある色の剥げた動物に座ったりしながら
それぞれが星を見あげる。
話はしない。
《星空ツアー》

友人はそう命名していたそうだ。

「今は？」

「ひとりで続けてます。

滑り台に上るんです。

体半分滑り落ちて真上を見あげると…とてもきれい」

夜の公園の滑り台のてっぺんに横たわって、

友達の顔を思い浮かべながら満天の星空を見上げている彼女を想像し、

私は少しドキドキした。

六人目の相談者

「はあ、はあ、はあ」息が切れていた。

「ごめんなさ…。また遅れちゃい…」

彼女は数秒、体を折って膝に手を置き、次に背屈してたっぷりと息を吸った。

そして天井を見上げながら、ハンカチで額の汗を拭いた。

ここのところ毎回同じだった。

呼吸が整うのを待って私は尋ねた。

「アルバイトがあるんですよね。もう三十分遅く予約できますよ」

「いえ、八時には家に戻ってないと回らないから…」

X先生の紹介で、三か月前から彼女はここに通っている。

彼の紹介状はいつも短い。

「母子二人暮らしですが、母親はお酒の問題があるうえ、娘の行動にいちいち口を出します。

私なりに母子の心理的な分離を試みましたが、成果は今一つです。私は来月には渡米しますので、引継ぎをお願いします」

「アルバイトはX先生の指示かな…」

そんなことを考えながら、私は彼女の話を聞いていた。

この日は予約時間の話から、そのアルバイトの話になった。

「おにぎり屋です。お客さんは仕事帰りの女性が多くて、五時過ぎから混雑します。閉店時刻にはほとんど売り切れです」

「売れ残ったおにぎりはバイトで分けあうことができるのですが、滅多にそうはなりません」

「オーナーは白髪まじりの男の人で穏やかな感じですが、その人がくると店の空気がしゃんとします。君はきちんとできるね、そう言ってもらえてうれしかった」

その週の金曜の午後、私は受付にお使いを頼んだ。

そんなお願いをしたことはなかったから、恐る恐る頼んだのだが、

「閉店間際におにぎり以外のものを買ってくればいいんですね」

と受付はニコニコした。

受付は塩こぶと梅紫蘇を買ってきた。
お茶うけに選んでくれたのだろう。
だが、どちらも（とくに梅紫蘇は）猫には合わないらしい。
眼をパチパチさせながら、それでも嬉しそうに受付は報告した。
「笑顔で活躍しておいででした。レジ締めを二人のバイトでやって、
一人が帰った後も、ショーケースを丹念に拭いて、最後に店の真ん中に立ち…」
そこで受付は目を細め、お茶をすすった。
「四隅と天井を指さして確認し、ほんのわずかぼんやりして、
あわてて自転車置き場に駆けていかれました」

七人目の相談者

「最初に教えてほしいんですが…」

ずっと黙っていた少年はそう切り出した。

「相談に来た人で、いじめの被害者は何人いましたか」

長めの前髪に隠れて、彼の眼は見えなかった。

なぜ知りたいのか確かめたかったが、飲み込んで素直に答えた。

「何人と言われても難しい。過去を教えてくれない人もいるからね」

「それはそうでしょうけど、だいたいでいいんです」


紹介者によると、彼は同級生からいじめを受けて登校しなくなった。

学校はそれなりの対応をしたようだが、再登校に結びつかぬまま半年が経った。

最近、急に彼が「相談に行きたい」と言い出したので、ここを紹介したという。


「かなり多いと思うよ」「多いとは？」

「十人以上、百人以下…このくらいで勘弁してくれないかな」

彼はようやくすこし微笑んだ。

「なるほど。…で、その人たちの役に立てたと思いますか？」

「どうなんだろう」

ストレートな質問に戸惑いながら、
私は何人かの相談者の顔を思い浮かべた。


「それはほんとうにわからない。

役に立っていてほしいと願ってはいるけれど…」


机に両肘をつき、匙のように丸めた両手で顔を覆ったまま、彼はボソリと言った。

「僕をいじめたヤツの話が聞きたいですか」

私は座り直した。

「君が話したい、話したほうがよいと思うなら…聴くよ」

指の隙間からこちらを見ていた彼は、手を机に投げ出し、ため息をつきながら、
少し砕けた調子で言った。

「変わってますね。何もする気がないくせに話を聞きたがる人よりはましだけど」
そして私の応答を待たずに「飲み物をください」と言った。

受付が冷蔵庫から出したジュースを一気に飲み干すと、
彼は「代金は親に請求してください」とぶっきらぼうに言い、
「その方が喜びますから」と早口でつけくわえた。

それから再びうつむいて、ブラインドの影がテーブル上を動くのを目で追っていた。

やがて彼は少し柔らかい声で言った。

「もうちょっと、関係者には反省してもらいたかったのですが、無理みたいなんです。
実の親だって忘れかけてるくらいですからね。
もちろん絶対に許しません…。
でも学校には来週から行くつもりです。
居心地は最悪でしょうけど…」

「すごいね。よくわかっているというか…」

もごもごと私が言うと、

「そうですかね。それくらいのことはわかります」

と、可愛らしく歯を見せて笑った。

「まあ、ここにはもう一回来ます…

少しは助けてもらえそうだし」

「そう」

その言葉は素直にうれしかった。

受付の欠勤

「病気なので休ませます」

母猫からの電話にも驚いたが、受付が病気と聞いて心配になった。
どんな具合か尋ねようとしたちょうどそのとき、
入口に次の相談者がきて、電話は切れてしまった。
かけなおそうにも番号がわからない。
ももやしたまま、相談をはじめてしまった。

そもそも猫つきの家の猫が病気なのだから、休むのも家のはずだ。
相談者の話に相槌を打ちながら、そんな苦情が頭をよぎった。
それと、この瞬間、彼女がどこでどうしているか、
知りたいのに知ることができない、という現実がもどかしかった。
重病だったらどうしようか…

FELIX

不吉なことまで頭に浮かび、その日は遅くまで寝つけなかった。

翌朝、そわそわしながら相談室に行くと、
受付が「おや早いですね」という顔で私を迎えたので、
気恥ずかしい気分になってしまった。

だから「大丈夫なの?」も言えないでいる。

八人目の相談者

「もう、ここでいい」

一緒に座ろうとした母親に彼女は言った。

母親は私をチラチラ見ながら粘ったが、勢いに押され出て行った。

彼女は持っていたペットボトルを一口飲むと
「話してもいいですか」と切り出した。

部活動で十数人に攻撃された。
身に覚えのないできごとが彼女のせいにされ、味方は誰もいなかった。
その日からSNSは拒否された。
「こころのなかでは私に同情している子もいるんです。
面白がって乗っかっている数人と、首謀者は…」
私は軽く手のひらを見せて言葉を制し、
道具箱から画用紙を持ってきて、水彩ペンでA・B・C・Dと書いた。

「ここではＡとかＢとか仮名にしよう。

それと、それぞれの関係がわかるように描いてくれると助かる」

「わかりました」

そう答えて、彼女は数秒、天井を睨んだ。

画用紙にはＡからＨまで、八人分のアルファベットが描かれ、
矢印や×がたくさん描きくわえられていった。

約一時間、私は相槌だけを打っていた。

黒板を爪でひっかくような内容とは裏腹に、彼女の口調は次第に穏やかになった。


ひととおり語り終えた様子なので、私は卓上のカレンダーを指差した。

「それが全部、先週のことなんだね？」

彼女は「水曜と木曜と金曜」と短く言った。

それから眼鏡をはずして息を吹きかけ、ポケットティッシュでレンズをぬぐった。

受付が温かいお茶の湯呑と塩味のせんべいをテーブルに置いた。

「サービスいいんですね」

そう言って彼女は受付の頭を撫でた。

珍しく、受付は目を閉じ、されるがままになっていた。


「これからどうする？」私が尋ねると湯呑を置いて彼女は言った。

「もう考えました。このお茶を飲んだら家に帰ります」

瞳には力が戻っていた。

そのとき机上のスマホが振動し、
彼女はちらりと私を見てから、着信に応じた。
「ああ、あたし。今？かまわんよ。
…会う、会う。絶対に会うから、そう言っといて」

九人目の相談者

「ごめんください」初めて聞く声だった。

扉を開けると初老の警察官が立っていた。

長くのびた白い眉毛が細い眼にかかり、皺だらけの顔は微笑んでいるように見えた。

「そこの交番に勤務する巡査です」

「ああ…」そういえば見覚えがある。

「少々お話を伺ってもよろしいでしょうか」

「何か事件でも？」

「いえ、そういうことではありません。この辺りはいたって平穏です」

「ではどういう？」

「ここは…」と、彼は背後の空間をのぞいた。

続く言葉を待ったが、何も言わないので私から説明した。

「相談室です。こころに悩みを抱えたかたが話にくる場所です」

「ははあ…」

表情から微笑みが消え、眼が見開かれた。

「こころに悩みを…」

彼は何回も瞬きして、つんのめるように言葉を発した。

「悩みを話しますか? 話せるものですか?」

迷いながら私は答えた。

「たしかに話すのはむつかしいです。

話せないまま、来なくなってしまうかたもいると思います」

「み、未成年者も来ますか」

大きな声を出した後、彼は真っ赤になり、足元を見つめた。

首筋に汗をかいている。

「みえますが…」

深刻な話に違いない、そう感じて私はわざと軽い調子で言った。

「お身内のことで心配があるのでは?」

数秒の沈黙があった。

彼は唾を飲み、私の顔を見た。

最初の微笑みが戻っていた。

「いえ、心配はあるにはあるんですが、大丈夫です。

お手間を取らせました」

彼は素早くお辞儀をし、体を回転させ、大股で立ち去って行った。

足元にきていた猫の受付が

心配そうに、その後姿を見送っていた。

十人目の相談者

「なんだかガランとしてますね」

彼女は部屋を見回して言った。

「前はここに棚があったのですが、それを処分したからかも」

と私が言うと、彼女は
「捨てたんですか？」と少し尖った声で尋ねた。

「いや…」私はためらいがちに言った。

「業者に引き取ってもらったから、今頃はどこかの倉庫にあるだろう」


数秒黙ってから、彼女は言った。

「私、前にも来ました」

「そうですか。…いつ頃？」

「五年くらい前。でも覚えてないのも無理ないです。

入り口で帰りましたから」

彼女は拝むように両手を持ちあげ、ふーっと息をかけた。

「寒いですか?」

「いえ」

「五年前…、入り口で気が変ったんですか?」

私が続きを促すと、彼女は両手をダッフルコートのポケットに入れ、テーブルの下に脚を揃えて突き出し、少し前かがみになった。


「このコート、くたびれてるでしょ?」

そう言われれば、彼女にはそぐわない気がした。

「中学生時代、冬はこれで過ごしていました。高校に入って…二年の冬に『もうこれはやめた』と決めて仕舞ったんです」

彼女は小袋からピアスを出し、すばやく耳につけた。

そして顔にかかった前髪をかき上げながら言った。

「昨日、クロゼットからコートを出してみたんです。なんとなくです。そしたらここのことを思い出して…」

彼女は目を閉じた。

「あのとき、私はどうして入室しなかったんだろう」

「…」

「家族にすすめられて、前まで来たんです。

身の上話をするつもりで。

でも引き返した…」


記憶の歯車がかちりと動いた。

瞬間、首筋に軽い戦慄が起き、肩から体に降りていった。

呼吸が詰まった。


「いざとなると勇気が出なかったのか。

気が進まなかっただけなのか。

そのどれでもない…」


彼女は目を開けて話しだした。

「おかしな話ですが、私は半歩右足を引いて『回れ右』をしたんです。そのときのかかとの裏のアスファルトの感触と体が回った感覚だけは鮮明に覚えています」

「…」

長い沈黙になった。

私はこの女性を知っている。
彼女の身に起きた事件のことも。

私は懸命に言葉を探した。
この五年をどうやって乗り切ってきたかを尋ねる言葉。
その日々をねぎらう言葉。
回れ右をした彼女の行動の裏にある気持ちを訊く言葉。
だが、どれも適切ではない気がして

私は凍りついていた。
とうとう私が決意して
「あなたのことはご家族からいただいた手紙で少しだけ知っています」
と告げようとした瞬間、彼女はそっと立ち上がった。

「ありがとうございました。きょうはこれで帰ります。
来ても大丈夫だとわかりました。
今度来たら、よろしくお願いします」

気がつくと部屋には明るさが戻っていた。

彼女が立ち去った後の椅子が私に、
感傷的になってはいけない
これからが大事なのです。
そう語りかけているようだった。

手紙

その手紙は五年前から机の引き出しの底にあった。
どこにでもある白い縦長の封筒で、なかには薄い便箋が数枚と、
プリンタで印字されたＡ４の紙が入っていた。

「突然の手紙、お許しください。先日、お宅に伺った巡査です。
あのときは失礼しました。
お祭しの通り、家族のことで相談に乗ってもらおうと思っていたのです。
先生は優しそうな方で、こんな方になら何でも話せそうだと思いました。
でも、いざ切り出すとなると、膝から力が抜けて立っているのがやっとで
あんな無礼なことになってしまいました。
いろいろ考えましたが、やはりお目にかかって話すだけの勇気が出ません。
それで手紙を書くことにしたのです。」

それまでの丁寧な文字が、二枚目の便せんから乱れていた。

「お恥ずかしいことに、私の娘が事件を起こしました。
四十にもなるのに幼稚なことで家を飛び出しました。すったもんだのあげく、
最悪なことをやりました。相手を刺して自分も後を追ったのです。
幸い相手は命を取り留めました。それはもう、いい大人ですから、
誰とどのように付き合おうが、自分で決めればいいのです。
ですが、娘夫婦には娘がひとりおりました。」

「孫は中学生になったばかりでした。
仕事柄この手のことには慣れておりますが、身内のこととなると違います。
私は動揺を懸命にこらえて、事の次第を話しました。
孫は黙って私の話を聞いていましたが、
ひとこと『わかった、おじいちゃん』と言いました。
その後、刑事がやってきて、帰宅した婿や娘にあれこれ尋ねていました。
婿は寡黙な男でしたが、取り調べを無難にこなし、さっさと葬式を済ませました。

夫婦については自業自得と思うようにしておりましたが、孫は不憫でなりません。
でも私が家を訪ねると、婿と気まずくなるばかりです。
私の妻は早くに逝きましたので、妻の妹に様子を見に行ってもらっていました。」

「義妹は婿に『孫をしばらく預かろうか』と提案してくれたようです。
しかし婿は『本人はこのままがいいそうです』の一点張りで、
私はやきもきしながら、自分の無力を嘆いておりました。
そんなとき、職場の回覧で、遺児のカウンセリングを知りました。
さっそく電話して尋ねますと、受付の女性が施設をふたつ教えてくれました。
それで、私はその日のうちに孫に電話してカウンセリングのことを説明し、
『必ず行きなさいよ』と諭しました。孫は『わかった、おじいちゃん』と言い、
『ちゃんと行くから安心して』と逆に私を慰めてくれました。」

「それから孫に会うたびに『カウンセリングに行ったか』
『ちゃんと指導を守るんだぞ』と諭しました。すると孫は
『カウンセリングは指導じゃないよ』と笑いました。

久しぶりの笑顔で私は気が緩んだに違いありません。

私は、『自分もそのカウンセリングの人に会ってみたい』と孫にせがみました。

とたんに孫の表情が曇りました。」


そのとき私は息を止めたまま便箋をめくっていた記憶がある。


「私はあわてて『いやいや行かないよ。邪魔はしない』と、しどろもどろになりました。

その夜、義妹が家にきて、携帯電話を見せました。孫からメールが来たというのです。

それを読んで、私は改めて失敗に気づきました。

どうしていいかわからず、とりあえずそのメールを印刷してもらいました。

同封した紙がそのメールです。」


私はコピー紙を開いた。

整然と並んだゴシック体の文字が、悲しみを際立たせていた。


「おばちゃんごめん。おじいちゃんがしつこいから、上手くごまかしてくれないかな。

カウンセリングに行けと言われたから前まで行ったけど、
実際にカウンセリングは受けてないんだ。」

「話すことなんてないし、もし話しはじめて止まらなくなったら、
わけがわからなくなる気がしたんよ。
でも、おばちゃん。お母さんの人生って何だったんだろう。
私が良い子にしていたから、こんなことになったのかな。
もっといろいろ困らせていたら、こうはならなかった気がする。
このへんで勘弁。おじいちゃんには適当に言っといて。
返信はしないでね。」

最後の便せんはまた丁寧な文字に戻っていた。

「義妹はすすり泣きながら、私の背中を殴りました。
彼女が帰った後も、私は茫然としていました。
しばらくして我に返り、先生に相談することを思いつきました。

でも先生のもとを訪ねてわかりました。
孫が耐えているのだから、私も同じように耐えるしかない。
それを伝えたくて下手くそな手紙を書きました。
どうか私を見かけても声をかけないでください。
最後まで読んでいただき、ありがとうございました。」

三矢水産
入口

夜の相談室

「お帰りですか？」

その日の相談が終わり、施錠をしようとしていると、自転車に乗ったレインコート姿の若者に声をかけられた。昼過ぎから降り出した雨はあがったようだが、彼の黒縁の眼鏡には雨粒がついている。

「ああ、前にお目にかかった……ええっと……」

若者は私が忘れていた名を名乗り、訪問の帰りだと言った。ひきこもりがちな青年の家に二週に一度、訪れているが、その家がこの近くなのだという。

私は上手く話をつなぐことができない。

「雨なのに、たいへんだね」

そういうと、若者は笑って言った。

「たいへんなことはないです…。高校時代はずっと自転車でしたから」

私が言葉につまっていると、彼は助け舟を出してくれた。

「それに、たいていい相手が助けてくれますし…」

「助けてくれる？」

「行っても話題がないんです。

体調のこととか尋ねたら、もうネタが切れちゃって」

「わかるなぁ」

「でしょう。自分の話と言ったってたいして話はないですし。

それでたいてい沈黙になっちゃうんですが、
このあいだは、『見ますか？』とか言って、
お気に入りの動画を見せてくれたんです。

筋トレの動画だったので、僕も興味がわいて」

「うん、うん」

「それで深い考えもなく、一緒に筋トレやろうか、なんて言ってしまったんですが
『それはいいです』ってあっさり断られて。
で、断られてみると、それでよかった。もし一緒にやることになったら、
その先がしんどくなるな、って思ったんです」
「なるほど…」

「前に先生がおっしゃいましたよね。

相手がしていることはたいてい正しい、って」

そんなことを言ったかもしれない。

「どんなことでも、それが世間的によくないことでも、相手はやむを得ずそうしている。

だから目の前で起きていることは、必要なこと。

訪問に行きだして、それがよくわかるようになりました」


相手のありようをそのまま受けとめる。

…そんな言葉が頭に浮かんだ。

幼児がくれたミニカーを大切に受け取ってお礼を言うように。

風に舞い散る花びらをそっと手のひらに乗せるように。


「じゃあ帰ります。

すいません。なんだか時間をとらせちゃって」


私が物思いにふけりはじめたので、彼は邪魔かなと考えたようだった。

「いやいや。また来て」


路面電車が橋を渡る音でわれに返った。

あらためて施錠をしようとすると
軒の水滴がパラパラと落ちた。

「お疲れさま」

ねぎらってくれている。そう思えた。

おわりに

塚本、尾上のコラボレーションの二冊目である。
一冊目は文通のように写真と文章を往復させながら作ったが、
今回は尾上が撮りためていた写真数十枚を塚本が見て、
自由に思春期の物語を創作した。

ある程度、物語が固まったところで、それを尾上に送り、
尾上は新たな写真を撮りに出かけた。
そこからさらに写真の取捨選択と物語の練り直しが行われ、
最終稿に至るまでに五年が経った。

…というわけで、物語に登場する青年たちは架空の人物であり、
写真とは関係がない。
その両方を見ていただくことで、
思春期という時代を生きる人や、彼らに関わる人々への
エールになればと思っている。

塚本《つかもと》千秋《ちあき》
一九五八年　熊本生まれ。精神科医師。臨床心理士。
岡山大学学術研究院社会文化科学学域　教授
著書『明るい反精神医学』（日本評論社）一九九九年
尾上太一と共著『相談者』（日本評論社）二〇一八年

尾上《おのうえ》太一《たいち》
一九五九年　岡山生まれ。精神科医師。
岡山市内で精神科診療所を開業。
日本大学大学院芸術学研究科映像芸術専攻修了
写真集『北前船　鰊海道３０００キロ』二〇一〇年
　『島を愛す　桃岩荘／わが青春のユースホステル』二〇一一年
『島医者　礼文町船泊診療所』二〇一六年（いずれも響文社）ほか